Leonie Fink

Warum sind die anderen keine besseren Menschen?

Kurzgeschichten

Verlag: Morawa von Dataform Media GmbH, Wien
www.mymorawa.com

ISBN:
978-3-99125-440-9 (Paperback)
978-3-99125-441-6 (Hardcover)
978-3-99125-467-6 (E-Book)

PRINTED IN
AUSTRIA

„Dieses Buch ist an alle gewidmet, die das Träumen (noch) nicht vergessen haben.“

Inhaltsverzeichnis

Der Traum

Es gibt Träume und es gibt das Leben. Träume begleiten uns durch das Leben – in guten sowie in schlechten Zeiten. Sie haben die Macht alles lebendiger zu gestalten. Sozusagen bleiben Träume oft im Verborgenen und spielen uns jeden Tag das Theaterstück vom schöneren Leben vor. Sie machen unser Leben bunter und schenken uns Hoffnung. Hoffnung darauf, dass uns eines Tages ein Traum im wahren Leben begegnet und uns den Lohn für unser geduldiges Warten auszahlt.

Manchmal ziehen wir uns in unsere Welt der schönen Träume zurück und sind im Leben nur als verschleierte Gestalten anwesend, die tagein und tagaus existieren. Es geschieht oft zum Eigenschutz unserer Seele, wenn sie dem Druck im alltäglichen Leben nicht mehr standhält. Oft ist es auch die Hoffnungslosigkeit unserer Situation. Gibt es dann noch einen Grund

unseren Träumen zu vertrauen, oder ist es dann besser sich von den eigenen Visionen zurückzuziehen? Diese Frage kann nur jeder für sich selbst beantworten.
Oft ist es eine Qual sich damit auseinanderzusetzen. Oft ist es eine schwere Aufgabe die Antwort darauf zu finden.
Führe ich ein Leben im Traum, oder lebe ich für meinen Traum? Diese Frage stellte sich Olivia immer öfter. Sie war jetzt nun ein Mädel in reiferen Jahren und hatte schon eine ganze Portion Leben hinter sich. Doch nun war sie allein mit sich und konnte sich keine Zukunft mehr vorstellen. Olivia sah zu oft in den Spiegel und entdeckte zu viele graue Strähnchen in ihrem Haar. Der Blick in ihren Spiegel verriet ihr, wie spät es schon war und dass sie nicht mehr so viel Zeit für ihre Träume hatte. Bei diesem Anblick ist es oft schwierig noch auf seine innere Stimme hören zu können. Es flüstert nur noch leise vor sich hin, obwohl man es lieber viel lauter hören würde.

Oft stellte sie sich vor jung und hübsch zu sein und wollte noch einmal das Gefühl verspüren ein begehrtes Wesen zu sein.

Einmal, nur noch einmal würde Olivia gerne die Zeit zurückdrehen und mit all ihrer Schönheit und Ausstrahlung jenen Mann, den Sie so verehrt, zum Tanz bitten. Doch so wie sie aussah und all die Jahre, die sie erlebt hatte, spiegeln sich in ihrem Gesicht wider. Ihr Lächeln, das noch eben da gewesen war, löste sich auf und verschwand. Olivia blieb nur der Traum, in dem sie jede Nacht mit diesem schönen Mann tanzte. Wenn sie sich ganz verlor, dann fing ihr Herz Feuer, sodass Olivias Fantasie mit Ihr durchbrannte.

Sie gehörte zu den einsamen Menschen, die ihren Partner gehen lassen mussten und keinerlei Hoffnung hatten, dass er wieder zurückkehrt. Denn von dort, wo er jetzt war, gab es keine Rückkehr.

Olivia war nun wieder frei und ungebunden. Der Tod hatte ihre Ehe aufgelöst. Doch das war Ihr noch nicht richtig bewusst. Sie hatte es noch nicht verstanden und realisiert. Warum musste ausgerechnet Ihr so was Schlimmes passieren?

Olivia fühlte sich allein und das Nachtrauern Ihres verstorbenen Mannes schmerzte sehr. Sie hatte unzählige Träume, wenn der Schmerz unerträglich wurde. Sie benutze diese Träume als Schmerzmittel, ohne darüber nachzudenken, dass Schmerzmittel zur Sucht werden und Sucht unser Leben blockiert. Tief in ihrem Inneren wusste Olivia, was sie sich antat und wollte weg von dieser Sucht. Sie wollte die Stärke finden das Suchtmittel umzupolen. In Ihr befand sich Ruhelosigkeit und viel Temperament.

Doch da gibt es immer wieder Gründe und Verzögerungen ihrem Traum zu begegnen.

Die Angst vor der eigenen Courage. Die Angst vor dem, was die Leute sagen könnten und zum guten Schluss auch der Blick in den Spiegel.

Olivias Ängste gehören zu ihrem Leben. Sie sind da und machen sich immer wichtig, wenn sie sich Veränderung wünscht. Ängste können Macht ausüben, doch sie sind nicht so mächtig, dass wir sie nicht besiegen könnten. In Olivia war die Angst, doch in Ihr wohnte andererseits auch Mut.

Sie war sich leider noch nicht bewusst, dass er stärker war und ihre Ängste eigentlich keine Chance gegen ihren Mut hatten.

Es war Freitag und das Wochenende stand vor der Tür. Olivia wurde mulmig mit dem Gedanken, dass sie wieder ein stilles und ruhiges Wochenende vor sich hatte. Um etwas zu planen und zu unternehmen hatte sie keinerlei Lust. Es nervte zu sehr und machte sie traurig, wenn sie daran denken musste, allein durch die Straßen zu ziehen. Die vielen Familien, denen sie dann zwangsläufig über den Weg lief, stimmten sie nur traurig und machten Ihr noch bewusster, wie allein sie doch im Grunde war.

So nahm sie sich wieder einmal das Fernsehprogramm unter die Lupe und sagte zu sich: „Weißt Du was Olivia, heute machen wir uns es so richtig gemütlich. Wir zünden uns Kerzen an und sehen uns etwas Schönes im Fernsehen an“.

Sie traf in aller Ruhe systematisch alle Vorbereitungen, um es so gemütlich wie möglich werden zu lassen. Doch als sie den Fernseher anmachte, gab dieser ein seltsames Geräusch von sich, blieb pechschwarz und kein einziger Knopf leuchtete. Erschrocken sah Olivia ihren Fernseher an und Ihr wurde klar, dass Ihr elektrischer Partner sie nun auch im Stich ließ.

„Nein, bitte tue mir das nicht an, nicht jetzt!

Es ist Wochenende. Oh nein, das kann doch nicht wahr sein!“

Ihr wurde mulmig zumute und sie überlegte sich was sie noch machen könnte, um diesen Kasten in Gang zu bringen. Im Innern aber wusste Olivia, dass es wohl ohne ihren Freund Namens Fernseher ein sehr

einsames Wochenende wird. Sie saß einfach da und die Tränen liefen Ihr herunter.
Zum guten Glück hatte sie noch ein Radio, so konnte sie wenigstens die Stille etwas vertreiben.
Sie legte sich auf ihre Couch und lauschte aufmerksam der Stimme im Radio. Von Minute zu Minute wurde sie ruhiger, sodass sie sich ganz entspannen konnte.
Olivia bemerkte nicht, wie sie von Zeit zu Zeit einnickte, ohne sich dagegen wehren zu können. Sie hörte der Stimme weiter zu. Es kam Ihr vor, als spräche diese Stimme direkt zu Ihr. Sie sprach von Liebe und Leben. Das waren Themen, die Olivia immer berührten.
Diese Stimme sagte:
„Vielleicht bedeutet Liebe auch zu lernen, jemanden gehen zu lassen. Wissen, wann es heißt Abschied zu nehmen. Nicht zuzulassen, dass unsere Gefühle im Weg stehen."
Mit diesen Worten schlief Olivia ein und fing sogleich zu träumen an.

Im Traum lief sie auf einen hohen Berg. Es duftete nach verschiedenen Blumen und die Luft war (äußerst frisch?) voll mit Frische. So als ob die Sonnenstrahlen am Morgen das Leben begrüßen und die Vögel mit ihrem Gesang ein Loblied singen würden. Für Olivia war es wunderbar, dieses Gefühl wahrnehmen zu können. Sie ging den schmalen Pfad über Stock und Stein den Berg hinauf und erfreute sich auf dem Weg dorthin. Sie hatte keinerlei Ahnung, warum sie dorthin ging. Mit jedem Schritt, den sie ging, kam sie sich ein wenig leichter vor. Sie fühlte sich so, als wuchsen Ihr Flügel.

Sie lief und lief hinauf, ohne darüber nachzudenken, warum und wieso sie es tat. Ihre Schritte waren nicht zu bremsen. Ihr Herz klopfte und sie gewann Energie in Körper und Geist. Die letzten Meter hatte sie das Gefühl zu spät zu sein. Sie konnte es nicht erwarten, die letzten paar Meter hinter sich zu bringen. Eine unglaubliche Macht trieb ihren Motor an und rief sie magisch diesen Berg hinauf.

Endlich war Olivia da! In ihren Augen war zu lesen, was sie in diesem Moment empfand. Olivias Augen sind blaugrün, doch wenn sie glücklich war und nicht wusste, wie sie das sagen sollte, dann sprachen ihre Augen für sie und verfärben sich in ein strahlendes Grün.

In Olivias strahlenden grünen Augen spiegelte sich die Sonne wider und der Himmel zeigte Ihr sein wunderschönes Farbenspiel. Sie stand dort oben, ganz allein und fühlte sich dem Himmel sehr nahe. Sie setzte sich auf einen Stein und nahm die Stille in sich auf und brach dann Ihr Schweigen.

„Warum hast Du mich allein zurückgelassen? Ich will nicht mehr leiden und ich will nicht mehr so traurig sein!“

Bei diesen Worten senkte sie ihren Kopf, damit der Himmel nicht sehen konnte, wie sich die Farbe ihrer Augen veränderte. Die Tränen liefen über Ihr Gesicht und verloren sich auf dem Stein, der sie sofort verdunsten ließ.

Eine Stimme aus dem Inneren ihrer Seele sprach zu Ihr: „Olivia, erhebe Dein Gesicht und sieh´ mich an“.

„All, das, was Du siehst, bin ich, denn ich bin das Leben, in dem Du Dich befindest. Du lebst, weil Du mich sehen sollst und Du atmest, weil Du leben sollst. Erhebe Dein Gesicht und schenke ihm ein Lächeln. Verschwende keine Minute, denn Du lebst in jeder Minute und in paar Sekunden erfährst Du Dein Glück. Ich werde Dir nicht sagen, wann Deine letzte Minute schlägt, damit Du nicht nach Ihr suchst und nicht nach Ihr lebst. Geh nun Olivia! Geh hinab, packe Deine Sachen und setze Dich in den Zug, der mit Dir durchs Leben fährt. Nimm nicht den Zug nach Nirgendwo, denn er hat kein Ziel und seine Fahrgäste sind ohne Glück. Für Dich ist ein Platz im Zug der Liebe und der Zuversicht, denn er bringt Dich zu Deinem Glück. Hab keine Angst und dreh Dich nicht um, denn was hinter Dir liegt, ist

Vergangenheit und der Bahnhof heißt Nirgendwo. Geh und verschwende keine weitere Minute ...“

Olivia stand auf und ging los. Ihre Tränen waren verschwunden, denn sie lagen hinter Ihr. Stolz und voller Mut ging sie zurück nach Hause. Schritt für Schritt, ohne zurückzublicken. Sie packte ihre Sachen und machte sich auf den Weg zum Bahnhof. Sie hatte viel Gepäck, denn es waren all die vielen Dinge, die sie so sehr liebte. Nur den Spiegel, den ließ sie zurück, als Geschenk für ihre Vergangenheit. Von nun an hatte der Spiegel nicht mehr die Gelegenheit, Ihr mit ihrem eigenen Anblick den Tag zu versalzen.

Olivia war nun in Eile, denn sie wollte keine Minute mehr verbummeln. Sie ging zur Tür, sah hinaus und nie mehr zurück ...

Die Straße namens Leben

Als Lea klein war, wurde Ihr eines klar und das prägte Ihr ganzes Leben. Die Menschen, mit all ihren Stärken und Schwächen, waren ihre Feinde. Lea lernte früh, dass sie niemanden vertrauen konnte. Dass jeder, den sie ins Herz schloss, Ihr früher oder später weh tat – unendlich weh. Es war Ihr irgendwann egal, ob sie es mit Absicht taten oder nicht. Sie verstand meistens auch die Gründe nicht. Aber was sie verstand war, dass sie sich schützen musste. Lea musste lernen zu reden, ohne etwas zu sagen. Schmerzen zu ertragen, ohne zu schreien und lernen zu Weinen, ohne Tränen zu vergießen. Lea musste stets stark sein und durfte wirklich NIEMALS Schwäche zeigen. Denn Schwäche machte Dich immer verletzlich und wenn Du verletzlich bist, tut man Dir weh. Das war ihre Logik, nach der sie Ihr Leben vollkommen auszurichten versuchte.

Heute sitzt Lea allein auf einer Bank und zieht nach nunmehr zwei Jahrzehnten Ihr Resümee.
Lea ist mit der Zeit unvorsichtig geworden. Sie wurde eingelullt vom vermeintlich Schönen und Guten und hat – gegen ihre Logik – doch wieder Vertrauen geschenkt. Doch wieder ist sie auf die Nase gefallen und sitzt nun wieder hier auf dieser Bank.
Die Wunden der Vergangenheit waren wieder aufgerissen und ihre Seele weint – nein sie schreit vielmehr: „Warum bin ich wieder allein? Warum habe ich niemanden den ich vertrauen kann, auf den ich mich verlassen kann, der für mich da ist? Warum, warum, warum?“
Lea hatte es satt. Sie hatte es so satt, immer nur benutzt zu werden. Sie hatte es enorm satt, immer nur die Liebe und Brave zu sein. Lea hatte es extrem satt, dass andere für sie entschieden, was Ihr Recht zu sein hatte und was nicht. Sie hatte einfach alles satt. Ihr ganzes Leben erschien Ihr sinnlos. Sie fühlte sich unnütz

und empfand, dass Ihr komplettes Dasein wohl ein Fehler sein musste. Irgendjemand musste einen Fehler gemacht haben. Das war die einzige Erklärung, die Ihr dazu einfiel.

Wie war das noch? Letzte Woche traf sie sich mit ihrer Freundin. Sie dachte zumindest Jana wäre ihre Freundin, doch letztlich ist sie doch nur eine von jenen vielen Menschen, mit denen sie nie wieder zu tun haben, wollte. Von denen sie sich abgrenzen, verstecken, schützen musste.

Was war geschehen? Vor 10 Jahren traf Lea auf diesen bestimmten Menschen. Das war sie noch ein klassisches Mauerblümchen, inmitten ihrer Phase als graues Mäuschen. Das waren noch die nettesten Namen, die Ihr gegeben wurden.

Um zurückzukommen auf diese Person, die sie lange Zeit für eine Freundin hielt. Jana war auf einmal da und hat sich mit Ihr unterhalten, als wäre sie ein jemand und kein niemand. Das hatte Ihr imponiert und aus einer zaghaften Begegnung mit vielen Hintergedanken, entstand im Laufe der Zeit doch etwas, was sie am Ende für eine Freundschaft hielt.

„Freunde sind jene Menschen, die für Dich da sind, auch wenn es Dir schlecht geht und die Dir sagen, wenn Du über das Ziel hinausschießt. Freunde hören Dir zu, wenn es Dir schlecht geht und sie nehmen Dich in den Arm, wenn Du eine Schulter zum Anlehnen brauchst. Sie sind einfach da und helfen Dir auf, wenn Du von allein nicht mehr auf die Beine kommst. Freunde sind das Licht im Dunkeln, wenn Du Deinen Weg nicht mehr findest", dachte sie sich oft. Das verstand sie jedenfalls unter Freundschaft, doch anscheinend definiert man das allgemein ein wenig anders?

Ihre sogenannte Freundin Jana erzählte Ihr ein Kapitel aus ihrem Leben, dass Lea am liebsten streichen würde. Lea war froh, endlich halbwegs damit umgehen zu können und sie wollte nicht, dass irgendjemand davon wusste, egal in welcher Form.

Lea wollte neu anfangen und ein ganz neues Leben beginnen. Ein neues Kapitel aufschlagen und den Menschen eine zweite Chance geben. Lea wollte lernen zu unterscheiden. Doch jetzt wurde Ihr klar, dass sie dabei unzählige Fehler machte, die sie am Ende selbst verletzten. Sie durfte sich keine Fehler mehr leisten, denn sie musste auf Fehltritte anderer vorbereitet sein. Sie durfte sich nicht noch einmal verletzbar machen. Lea durfte auf der Straße des Lebens nicht noch mehr Unfälle bauen. Abgesehen davon kommt sich ja schon selbst wie ein Unfall vor. Ein schlechter Scherz des Schicksals. Da hatte jemand großen Humor bewiesen. Allerdings konnte sie nicht darüber lachen.

„Warum lebe ich? Warum lebe ich noch? Mir ist doch so viel widerfahren, bei dem ich dem Tod gerade noch so von der Klinge sprang!“, spukte es Ihr im Kopf herum.

Alles fing mit ihrer Geburt an. Sie war von Anfang an eine Nachzüglerin. Einen Monat über dem errechneten

Geburtstermin entschloss sie sich dann doch das Licht der Welt zu erblicken. Es gab jedoch Komplikationen, weil sie im Geburtskanal stecken blieb. Sauerstoffmangel war unter anderem die Folge. Nach einer ewig erscheinenden Tortur für ihre Mutter und nach endlosem Warten für ihren Vater kam sie dann doch noch auf die Welt.

Die Ärzte schlossen einen „Dachschaden“ aufgrund der abgeschnittenen Luftzufuhr nicht aus. Doch sie trotzte allen medizinischen Gesetzmäßigkeiten und ihre Intelligenz sowie alle anderen Hirnfunktionen waren zur Verblüffung aller komplett in Ordnung.

Doch es dauerte nicht mal ein halbes Jahr, als sie plötzlich 41 Grad Fieber hatte. Keiner wusste, woran es lag und wovon es kam. Aber allen war klar, dass wenn das Fieber nicht sinken würde, sie sterben müsste. Das Kind wurde auf die Intensivstation gebracht. Überall piepsende Apparate und Schläuche – alles war da. Beängstigende Eindrücke um Ihr Bett herum, aber zum

Glück nahm sie nichts davon wahr. Sie verharrte tief und fest in ihrer Bewusstlosigkeit. Den Grund für das Fieber fanden die Ärzte nie heraus – die Ursache blieb unbekannt. Ebenso plötzlich wie sie erkrankte, wurde sie wieder gesund und kam nach Hause.

Wenn sie so drüber nachdachte, hatte sie eine Vermutung für das hohe Fieber damals. Sie wollte nicht da sein. Sie wollte nicht auf dieser Welt sein. Das schien Ihr immer schon klar gewesen zu sein.

Nach ein paar mehr oder weniger glücklichen Kinderjahren ließen sich ihre Eltern scheiden. Sie bekam einen kleinen Bruder und gemeinsam mit ihm wurde sie zum unglücklichen Mittelpunkt der Streitigkeiten ihrer nunmehr geschiedenen Eltern.

Nach zwei Jahren kam ein Halbbruder auf die Welt, weil Ihr Vater nicht sein Vater war. Dieser Mann war äußerst cholerisch und brüllte oft herum. Vor ihm hatte sie enorme Angst. Dann fing ihre Mutter an abends wegzugehen – um zu arbeiten, wie sie sagte. Bevor sie losging, kam sie noch kurz ins Zimmer, verabschiedete sich von den Kindern und gab ihnen ab und zu auch noch etwas Süßes. Darüber hat sie sich immer gefreut und das war Ihr Geheimnis, denn der unliebsame Stiefvater durfte es nämlich nicht wissen. Sie legte sich schlafen und irgendwann ging schließlich die Tür auf. Er kam herein. Angeblich um zu kontrollieren, ob sie schlief. Er setzte sich aufs Bett, fing an sie zu streicheln und legte sich zu Ihr. Er schmiegte sich fest an sie. Sie hatte große Angst. Sie verstand nicht, was da geschah. Wieso machte er das? Er ist doch so was wie ein Daddy. Und Daddys machen so was nicht. Oder doch? Er streichelte ihren Körper mit seiner Hand und fuhr Ihr über ihren Hals, runter zum Bauch direkt in ihre Hose. Er streichelte sie unten. Das war enorm einschüchternd, ein unbehagliches Gefühl und sie verstand es nicht. Sie hatte nur noch Angst. Er begann komisch zu atmen und zu stöhnen. Sie fühlte sich unwohl und bekam große Panik. Sie wollte hier nur noch weg.

Was kann ich tun? Wo bin ich sicher? Dann hatte sie eine Idee. Denn immer, wenn sie ins Bett musste aber noch nicht wollte, so behauptete sie müsse noch auf die Toilette. Nur um aufzubleiben. Das konnte sie jetzt auch sagen. Dann käme sie hier vielleicht weg.

Sie sagte es ihm, doch er ging nicht darauf ein. Er meinte nur verächtlich, dass sie doch ins Bett machen solle. Doch das war Ihr zuwider. Zum einen sagte er es komisch und zum anderen war sie doch schon groß. Schließlich ging sie in den Kindergarten. Kindergartenkinder machen nicht ins Bett. Sie versuchte es wieder und wieder. Sie sagte sie müsse groß, woraufhin er sie widerwillig gehen ließ. Lea flüchtete ins Bad, machte schnell die Türe zu und setzte sich auf die Toilette. Sie war verwirrt, verstört und wusste nicht, was das vorhin war. War das normal? Ist er weg? Nach einer gefühlten Ewigkeit traute sie sich endlich aus dem Bad. Die Wohnung war dunkel. Ganz langsam ging sie zu ihrem Zimmer. Vorsichtig machte sie die Tür auf und blickte vorsichtig hinein. Sie sah ihn nicht. Schnell machte sie die Türe zu und flüchtete wieder in Ihr Bett. Aber in diesem Bett war sie nicht mehr sicher. Er konnte ja jederzeit wiederkommen. Sie stand auf und schaute sich ängstlich um. Dann kam Ihr die rettende Idee.

„Wenn ich alle Stofftiere und Puppen, die ich habe, ins Bett lege, dann hat er keinen Platz mehr darin!“, freute sie sich im ersten Moment Sie räumte alles wie geplant in Ihr kleines Bett und legte sich schnell dazu. Doch sicher fühlte sie sich nicht. Sie krabbelte wieder aus dem bunten Haufen raus und flüchtete unter Ihr Bett. Hier fühlte sie sich erst mal sicher.

„Er sieht mich nicht, denn ich bin ja gar nicht da“, dachte sie sichtlich erleichtert und schlief ein. Als sie jedoch frierend aufwachte, legte sie sich wieder zurück

ins Bett und schlief dort noch einige Stunden unruhig weiter.
Das alles wiederholte sich oft – zu oft. Ihre Mutter hatte keine Zeit Ihr zuzuhören. Sie musste immer putzen und Dinge erledigen. Als sie es dennoch versuchte mit ihrer Mutter darüber zu reden, so bekam sie unvermittelt eine Ohrfeige, da sie ja nicht im Weg sein sollte. Daraufhin versuchte sie nichts mehr zu sagen. Sie erduldete „es“, weil sie es anscheinend musste. Sie war allein. Aber sie hatte noch ihre WC-Strategie, die sogar meistens funktionierte. Das war Ihr Glück. Gelegentlich schlief sie im Schrank, oder eben unter dem Bett. Das war das Einzige, was sie ihrer Meinung nach tun konnte.
Doch dann war auf einmal ihre Oma da. Ihre Oma, die Mama ihrer Mama, schlief bei Ihr im Zimmer. Von da an hatte sie Ruhe.
Doch sie veränderte sich. Aus einem lustigen unbeschwerten Mädchen wurde ein introvertierter

Schatten. Sie fühlte sich allein und zeigte es auch jedem. Irgendwann kam sie dann zu ihrem leiblichen Vater. Das hatte was mit dem Sorgerecht zu tun. Verstanden hat sie es nicht, aber glücklich war sie darüber allemal. Nur ihre Mama fehlte Ihr ab und zu.

Irgendwann kam das dann raus, weil sie ständig so eigenartig war. Von da an hatte sie keine Kindheit, kein Leben mehr. Sie musste zu bestimmten Leuten – mit ihnen „darüber" reden, etwas vorspielen oder etwas malen. Diese Leute waren Psychologen. Das ganze Theater nannte sich Therapie. Gelegentlich war es lustig, vor allem wenn man mit anderen Kindern zusammen war, aber meistens nervte es einfach nur noch. Man will nicht immer reden, aber man musste. Also fing sie an, die Menschen zu studieren. Schnell lernte sie es, diesen Psychologen alles zu erzählen, was sie hören wollten. Die meisten verpackten nämlich in ihre Fragen gleich die Antworten mit hinein. Das war zu einfach.

Mit 13 Jahren hatte der Spuk endlich ein Ende. Und sie war schließlich ein Teenager. Wo war nur ihre Kindheit geblieben? Hatte sie überhaupt eine echte Kindheit?

Die folgende Zeit war nicht einfach und es gab eigentlich keinen einzigen Tag, an dem nichts Negatives passierte. Sie wachte in einer brennenden Wohnung auf und kam nur knapp mit dem Leben davon. Sie verliebte sich unglücklich und nahm 25 kg zu. Lea wurde ausgelacht, verspottet und resignierte letztendlich. Lea begann des Lebens überdrüssig zu werden und freundete sich immer mehr mit dem Gedanken an einen frühen Tod an.

Eines Tages, zwei Monate vor ihrem 15. Geburtstag, wachte sie erst gegen 11 Uhr auf. Das Problem war nur, sie hätte eigentlich seit 8 Uhr Schule gehabt. Irgendwie hatte man vergessen, sie zu wecken. Sie lief rufend durch die Wohnung, doch es war niemand da. Für die Schule war es nun zu spät. Sie war allein und sie wusste, vor dem Abend würde niemand kommen. Ihr Bruder war öfters von zu Hause verschwunden und wohnte jetzt bei ihrer Mutter. Ihr Vater war bei seiner Mutter, ihrer anderen Oma und musste die Wohnung tapezieren. Und seine Freundin war mit ihren Kindern außer Haus. Das war die Chance.

Sie ging zum Medikamentenschrank und nahm sich alle Tabletten, die sie fand. Es müssten so um die 100 in den verschiedensten Farben gewesen sein. Und sie waren mitunter stark dosiert. Dann ging sie in die Küche, nahm sich einen Wasserkrug, Orangensaft und eine Flasche Bacardi. Sie wusste, dass Medikamente mit Alkohol eine verheerende Wirkung haben. Sie beschloss die Tabletten im Alkohol aufzulösen, mit Orangensaft zu mischen, das Ganze zu trinken und dann hoffentlich schön sanft einzuschlafen. Lea wollte unbedingt sterben. Sie fand alles so sinnlos, fühlte sich deplatziert, ungewollt und ungeliebt. Sie war des Lebens überdrüssig geworden.

Die undefinierbare Brühe schmeckte widerlich, ekelerregend, aber es war ja Mittel zum Zweck. Es sollte nicht schmecken, sondern nur töten.
Ihr wurde schwummrig. Sie schwankte in das Zimmer, dass einst Ihr Bruder bewohnte, legte sich ein Video ihrer Lieblingsband ein und setzte sich auf das Bett. Das waren die einzigen Menschen, die sie noch sehen wollte. Langsam entglitt Ihr die Wirklichkeit, sie fühlte sich eigenartig und es wurde schließlich dunkel um sie herum.
Sie wusste nicht, wie lange sie dort so vergessen lag, auf den Tod wartend. Dann, irgendjemand schüttelte sie. War sie schon tot? In der Ferne nahm sie ihren Vater wahr. Er rüttelte sie in die Wirklichkeit zurück. „Ich will das nicht, lass mich endlich sterben!“, wütete sie noch in Gedanken, kurz bevor sie doch noch das Bewusstsein verlor.
Lauter komplett weiße Menschen waren auf einmal da und sie saß auf einem ganz komischen Stuhl. Sie wurde

festgegurtet. Das wollte sie nicht. Sie wollte doch nur sterben. „Was macht ihr da? Lasst mich sterben, lasst mich!“ Ihr gelang es ihre Hände zu befreien, doch dann waren da noch mehr Männer, die sie festhielten. Sie wehrte sich, doch immer mehr weiße Gestalten hielten sie fest. Irgendjemand schob ihr plötzlich etwas in ihre Nase. „Tut mir nicht so weh!“, wollte sie sagen, doch sie schrie nur vor Schmerz. Ein gellender Schrei der nur bewirkte, dass ihr Körper noch fester fixiert wurde. Sie versuchte ihr Gesicht wegzudrehen, doch ihr Kopf wurde auch festgehalten. Wieder dieser Schlauch, wieder ein Schmerz und dieses komische Gefühl im Hals. Dann musste sie sich übergeben. Sie wollte es unterdrücken, aber sie konnte nicht. Irgendwann war es dann vorbei. Sie war komplett fertig und wollte nur noch schlafen. Irgendjemand gab ihr noch etwas, das sie schlucken musste. Es war schwarz und schmeckte wie Kohle. „Das ist gut für Dich und wird Dir helfen.“, sagte ein Mann zu ihr, aber es war ihr egal.

Irgendwas hing an ihr – ein Tropfer, wie sich rausstellte, aber auch das war ihr egal. Irgendwann kam sie in ein Krankenzimmer. Sie schlief lang und tief, ohne jeglichen Traum. Irgendwann war ihr Vater da. Er wirkte erleichtert und tieftraurig zugleich. Sie fragte ihn, warum er sie nicht sterben ließ, warum er überhaupt zu Hause war. Sie bekam von ihrem Vater zu hören: „Ich hatte das starke Gefühl, als hätte ich etwas Wichtiges zu Hause vergessen. Ich musste einfach heim. Und das war gut so. Ich liebe dich!“

Am nächsten Tag folgte ein Gespräch mit einer Psychiaterin. Die Ärztin willigte widerwillig in eine ambulante Behandlung mit „open end“ ein. Mit der Bedingung, dass sie immer pünktlich die Termine wahrnehme, sonst käme sie umgehend in die geschlossene psychiatrische Abteilung.

Sie hatte ihre in der Vergangenheit stets erfolgreiche „Psycho-Strategie“ entwickelt und kooperierte, „denn irgendwann geht auch das zu Ende.“, dachte sie sich.

Ab da lebte sie ihr Leben, widerwillig immer auf eine zweite Chance zu sterben. Geduldig wartend, aber irgendwie gelang es ihr nie. Sie war schlichtweg unfähig, ihr Leben selbst zu beenden.

Rückblickend hat sie viel erreicht. Wer kann schon drei Schulabschlüsse, eine gut abgeschlossene Ausbildung und ein halbes Studium nachweisen. Aber irgendwas fehlte ihr, denn eine innere Stimme sagte ihr, dass das noch nicht alles war.

Auch wenn sie zu oft verletzt wurde, zuletzt von ihrer sogenannten Freundin, muss an ihrem traurigen Leben voller Schmerz doch irgendetwas Sinnvolles erkennbar sein. Schließlich lebte sie trotz alledem noch immer.

Als sie so nachdenkend dasaß, nahm sie auf einmal die Natur um sich herum wahr. Die Bäume und Wiesen waren so unglaublich grün, die Vögel sangen so herrlich schön und die zahlreichen Blumen erschienen ihr einfach wundervoll.

Sie hatte ein Prospekt in ihrer Hand. Den gab ihr jemand, als sie auf ihrem Weg zum Park war.

„Lebe deine Träume!“, stand groß vorne drauf. Das klang gut. Sie begann darin zu lesen. Dort stand was von Jesus, dass Gott jeden Menschen liebt und dass jedes Leben von Gott so gewollt ist.

Sie begann zu weinen. Denn sie konnte sich nicht vorstellen, dass es diesen Gott gibt und dass dieser große, allmächtige und über allem erhabene Gott sie so liebt – einfach so.

„Wenn es aber wirklich einen Gott gibt, warum ließ er das Ganze dann zu? Warum ließ er mich in ein Leben kommen, dass so voller Leid, Krieg, Missgunst und Missbrauch in allen nur erdenklichen Spielarten war und ist?“, fragte sie sich schluchzend.

Sie blickte in den blauen Himmel, der inzwischen wolkenlos geworden war und die Sonne endlich durchließ. Sie schloss die Augen und spürte die warmen Sonnenstrahlen auf ihren Wangen.

Nach ein paar Minuten öffnete sie ihre Augen wieder und war innerlich ruhig geworden. Sie legte die Hand über ihre Augen und es schien als würde die Sonne ihr zuzwinkern.

Da wusste Lea, sie hatte sich richtig entschieden und es würde in ihrem Leben von nun an alles anders und besser werden – 100 %ig!

Die neugierigen Zieselchen

Entlang des großen Dorfteiches lebte friedlich eine kleine Ziesel Familie mit ihren Zieselchen.

„Bleibt immer schön bei mir!“, rief die Ziesel Mutter besorgt ihren kleinen Babys zu, die ziemlich ausgelassen überall herumtollten.

Die kleinen Zieselchen flitzten blitzschnell über die Wiese und waren sehr neugierig. Alles mussten sie anschauen und genau untersuchen. Es gab auch viele interessante Dinge zu sehen. Bald waren einige von ihnen im hohen Schilf verschwunden, denn hier war es wirklich sehr aufregend, jedenfalls aufregender als auf der Wiese mit den niedrigen Gräsern. Es gab eine Menge zu entdecken. Alles war neu und unbekannt für die kleinen Zieselchen.

Eine riesige blaue Libelle flog auf einmal heran, setzte sich nur einen Moment später auf einen großen Stein

in der Nähe des Teichufers und wollte sich dort offenbar ausruhen.
Susi, das jüngste Zieselchen, war ihrem etwas größeren Bruder Hirni ins dichte Schilf gefolgt, obwohl es die Mutter den beiden ausdrücklich verboten hatte. Trotzdem ist Susi ihrem Bruder einfach gedankenlos hinterhergegangen. Alle nannten ihn übrigens Hirni, weil er immer super schlau war und weil er eine kleine komisch aussehende Narbe mitten am Kopf hatte. Jetzt beobachtete Susi mit ihm zusammen fasziniert die große blaue Libelle auf dem nassen Stein, wo sich plötzlich noch eine Zweite, etwas kleinere Libelle, hinzugesellte.
„Schau mal Hirni, da sitzen zwei Libellen auf dem Stein gleich hinter dem Schilf. Ich glaube, sie wohnen alle hier am Ufer unseres Dorfteiches. Es wimmelt überall nur so von anderen Tieren. Das finde ich großartig. Komm mit, wir schauen uns die beiden aus der Nähe an“, rief sie

ihrem Bruder zu und ging weiter zum Ufer. Susi wollte sich eben immer alles ganz genau anschauen.
Die beiden Libellen kümmerten sich nicht um die neugierigen Zieselchen, als sie ganz dicht neben dem Stein in unmittelbarer Nähe des Ufers standen und schnüffelten. Plötzlich tauchte ein dunkler Schatten über Susi und Hirni auf.
Als sie nach oben schauten, blickten sie genau in das offene, feuchte Maul eines Fuchses, der die beiden Babys schon eine ganze Weile aus sicherer Entfernung beobachtet hatte. Jetzt war die Gelegenheit für ihn günstig gewesen, um seine Beute zu fangen und zu fressen.
„Ein Fuchs, ein Fuchs!" piepste Susi ängstlich und schrie dann laut um Hilfe. Aber Hirni hatte schon längst in allerhöchster Panik die Flucht ergriffen und war schnell wie eine Rakete zurück durch das dichte Schilfwerk zu seinen Eltern. Jetzt war Susi auf einmal allein auf sich gestellt. Der Fuchs wird mich fressen, dachte sie in

Todesangst und schloss innerlich schon mit ihrem Leben ab.

Sie kniff ihre beiden Äuglein zu und ergab sich ihrem Schicksal. Doch es tat sich überhaupt nichts. Im nächsten Augenblick hörte Susi auf einmal ein lautes Bellen, das schnell näherkam. „Flocki“, der braune Langhaardackel, näherte sich mit riesengroßen Sprüngen dem Dorfteich und verjagte mit wildem Gebell den hungrigen Fuchs, der sofort Reißaus nahm und mit eingeklemmtem Schwanz zähneknirschend das Weite suchte.

Schon kamen auch die Ziesel Eltern herbeigelaufen. Papa Ziesel und die anderen zahlreichen Ziesel Geschwister waren auch bei ihnen.

„Was haben euch eure Eltern denn beigebracht? Ihr solltet doch alle immer in unserer Nähe bleiben und dicht hinter uns sein. Überall lauern Gefahren in der Gegend. Der Fuchs hätte Susi und Hirni beinahe geschnappt und gefressen, wenn der mutige Flocki nicht gekommen wäre. Lasst euch das eine Warnung sein! Nur wenn ihr bei mir oder bei eurem Vater bleibt, habt ihr eine Chance hier draußen zu überleben", sagte Mama Ziesel mit mahnender Stimme.

Alle Ziesel Kinder nickten fast gleichzeitig mit dem Kopf und piepsten zustimmend wild durcheinander. Sie wollten ab jetzt immer dicht bei ihren Eltern und der restlichen Familie bleiben, denn draußen war es wirklich sehr gefährlich. Allein und schutzlos irgendwo hinzugehen, auch wenn es noch so verlockend war, konnte schnell das Ende bedeuten. Susi und Hirni schmiegten sich jetzt ganz fest an ihre Mutter, die ihre beiden Babys zärtlich durch ihr weiches Fell streichelte. Die ganze Ziesel Familie freute sich über allen Maßen, dass noch einmal alles gut ausgegangen war.

Die kleine Mary und die Wörter

Es war einmal die kleine Mary, die die richtigen Wörter nicht fand, um all das zu sagen, was sie fühlte und dachte. Jedes Mal, wenn sie versuchte ihre Gedanken und Emotionen zum Ausdruck zu bringen, fand sie in ihrem Inneren nur leere Worte.

Worte sprudelten aus ihrem Mund wie ein Wasserfall, doch die Worte waren emotionslos und sinnentleert.

Die kleine Mary fühlte sich unverstanden und drückte ihre Emotionen in Form von Gesten aus. Aggression nannten es die Erwachsenen, wenn sie wild um sich schlug, weil sie in ihrem Inneren wieder einmal keine Worte fand.

Als wieder einmal niemand verstand, was sie ausdrücken wollte, hüllte sie sich in Schweigen. Es schmerzte in ihrem Inneren, da sich die Gefühle in ihrem Herzchen eingeengt fühlten. Ihre Gedanken verursachten schon Kopfschmerzen, da sie unbedingt aus ihr heraus und in Kleidern aus Worten durch die Welt spazieren wollten.

Unglücklich blickte sie jeden Tag in die Welt und wortlos lief sie durch die Zeit.

Eines Tages hörte sie im Radio einen Dichter sagen, dass jedes Wesen in seinem und ihrem Inneren einen Weg für die Wörter finden sollte. Diesen Weg sollte jeder und jede gehen, damit sie immer wieder zu sich selbst finden können.

Sie beschloss, sich am nächsten Morgen gleich mit dem Sonnenaufgang auf ihren inneren Weg der Worte zu machen.

Nach den ersten Schritten sah sie nichts. Ein paar Kieselsteine, ein paar winzige Blümchen dessen Namen sie gar nicht kannte, einen riesengroßen Baum, dessen Krone viel Schatten spendete und ein paar Brennnesseln dessen Stacheln in ihre Händchen stachen.

Die Worte schienen sich vor ihr zu verstecken, oder sogar von ihr zu fliehen.

Am nächsten Tag, als sie sich wieder auf dem Weg der Worte machte, sah sie das erste Wort hinter einer Böschung hervorlugen.

"Träume!“, sagte das Wort. "Willst du mich nicht mit in dein Leben nehmen?"

Die kleine Mary hob das Wort auf und packte es in ihren Rucksack.

"Ich träume ... ich träume ...!“, sprach sie nun fröhlich vor sich hin.

Die nächsten Tage entdeckte sie auf dem Weg der Worte eigenartige Zeichen. Jedes Zeichen hatte eine individuelle Form und eine individuelle Bedeutung. Sie packte alle Zeichen in ihren Rucksack und nahm sie mit ins Leben.

Das zweite Wort, dem sie begegnete, war das Wort "Leben".

Sie hob das Wort auf und legte es an ihr Ohr. Zunächst hörte sie außer ihrem eigenen Atem nichts Besonderes. Sie hielt ihren Atem an und nahm ein kleines leises Flüstern wahr: "Ich bin in dir ... ich bin in dir ... liebe mich, achte auf mich ... ich bin in dir!" Sie nahm das Leben einfach mit.

Eines Tages, noch immer auf dem Weg der Worte, fand sie ein kleines vor Kälte zitterndes Wort.

Sie nahm das Wort in ihre kleinen Hände, wärmte es mit dem Hauch ihres Atems auf und drückte es fest an ihr Herz und liebkoste es.

Ganz still lag das Wort an ihrem Herzen.

Die kleine Mary fragte es: "Wie heißt du denn?"

"Ich bin das Wort „Glaube“. Ich bin vielfältig und hilfreich."

Die kleine Mary drückte das Wort weiterhin fest an sich und führte ihre Reise fort.

Auf dem Weg der Worte immer weiterschreitend, kam die kleine Mary an einen Graben.

Im Graben saß ein weiteres Wort und als es die kleine Mary erblickte, breitete sie ihre Arme aus.
Die kleine Mary blieb plötzlich erschrocken direkt vor dem Wort stehen und blickte es fragend an.
"Ich heiße DU und ich bin ein uraltes Wort und es fällt niemandem leicht mir zu begegnen. Du musst mir immer in die Augen sehen. Und wer wagt es schon, sich selbst in die Augen zu sehen?" sagte das Wort DU zu Mary mit strenger Stimme.
"Ich nehme dich mit", sagte die kleine Mary. "Du bist meine Gefährtin. Du sagst mir immer, was ich denke und was ich fühle."
Sie nahm das Wort DU schließlich bei der Hand und wagte es so mit dem Leben in ihr weiterzuschreiten, um nach neuen Worten zu suchen.
Als die kleine Mary alle Wörter zusammentrug, die sie auf dem Weg der Wörter über die Zeit gesammelt hatte, entdeckte sie mit Erstaunen, dass sie den

folgenden Satz ohne Probleme sagen konnte: „Glaube an dich selbst, an deine Träume und lebe sie!“

Die kleine Mary gewöhnte sich schnell daran, täglich auf den Weg der Wörter spazieren zu gehen.

Sie machte so viele erstaunliche Entdeckungen und redete und redete immer mehr. Alle, die die kleine sprachlose Mary kannten, wurden jeden Tag aufs Neue davon überrascht, was sie von ihr zu hören bekamen und was die kleine Mary innerhalb nur kürzester Zeit alles gelernt hatte.

Flucht vor der Angst

Nora bewegte sich in einem Dschungel der Gefühle und fühlte sich der Gegenwart machtlos ausgeliefert. Eine große Leere machte sich in ihrem Inneren breit. Eine Leere, die sich in der Angst verlor. Sie beherrschte ihr Leben und war allgegenwärtig und Nora hatte nie gelernt diese Angst auszutricksen.

Nun saß sie da und fürchtete sich vor dem Alleinsein. Niemanden mehr zu gehören und für niemanden mehr wichtig zu sein, oder nicht mehr gebraucht zu werden, machte ihr große Angst. Gebraucht zu werden war für Nora das Gleiche wie geliebt zu werden. Die Liebe vermisste sie sehr, weil sie im Laufe ihrer Beziehung immer weniger wurde. Sie versuchte die Liebe mit allen Mitteln am Leben zu erhalten und sie auch einzufordern. Doch je mehr sie sich darum bemühte, desto weniger Liebe erhielt sie. Es schien, als wäre die

Liebe die Totgeburt ihres Lebens und grundsätzlich nie wirklich da gewesen.

Dieses tief verborgene Bewusstsein eines schmerzlichen Mangels ließ Nora in Gedanken viele Fluchtpläne schmieden. Sie wollte schon mehrfach ihre Koffer packen und heimlich mit ihrer kleinen Tochter verschwinden. Heimlich, weil es ihr an Kraft fehlte dazu zu stehen und aus Angst davor, dass sie der Mann, den sie glaubte zu lieben, am Ende wieder erfolgreich davon abhalten würde. Er würde sie wieder und wieder wortreich vom Gegenteil überzeugen. Um seine Liebe zu beweisen, würde er ihr wieder etwas kaufen, was sie brauchen konnte. Nur damit sie sich am Ende im Unrecht fühlte und ihre Koffer wieder einmal resigniert auspackte. Zu oft hatte sie dieses Spiel schon mitgespielt und jedes Mal blieb sie. Mit jedem Mal wurde ihr bewusster, dass ein Stück ihres Mutes sterben würde, sodass die Angst mehr und mehr Macht über sie hatte. Dabei wollte Nora nur lieben und geliebt werden, doch die Angst ließ der Liebe keinen Platz.

Nun saß sie da, auf ihrem Balkon in ihrer kleinen Wohnung und betäubte ihren Kummer mit einem Glas Wein nach dem anderen. Sie wünschte sich einen Weg aus diesem dicht-düsteren Dschungel der Gefühle. Ihr Wunsch war so stark in ihrem Herzen verankert, aber sie wusste weder ein noch aus. Ihr war klar, dass diese Angst ihr Leben für sie meistern und ihr Wunsch nach mehr Sinn in einer Beziehung für immer verblassen würde, wenn sie ihre Angst nicht bald überwinden könnte. Ihre Rufe nach Glück und Harmonie wären dann wohl nicht mehr zu hören und der bittere Wein der Hoffnungslosigkeit würde letztendlich diese ersehnten Rufe ertränken.

Sie war des Denkens und Grübelns müde geworden und blickte zum Sternenhimmel hinauf. So als könnte sie all ihre Sorgen in den unendlichen Weiten des Alls vergessen. Der Anblick der Sterne erleichterte ihr Herz.

Dieser unendliche Frieden und diese wunderschöne Ordnung der unzähligen kleinen Lichter gaben ihr Hoffnung und das plötzliche Gefühl nicht mehr ganz allein zu sein.

Sie fragte sich: „Ob mich von dort oben wohl jemand sehen kann? Ob wohl jemand mein traurig-schweres Herz erfühlen kann?“

Einen Moment lang hatte sie das untrügliche Gefühl, ein deutliches „Ja" zu hören. Sie wollte nicht wahrhaben, dass sie sich dieses „Ja" gerade selbst ausgesprochen hatte.

Sie fragte sich erneut: „Wenn dort oben jemand sieht und fühlt, was ich fühle, warum sagt er mir nicht, was ich tun soll? Warum muss ich allein einen Weg finden, wo ich doch nicht einmal weiß, welchen Weg ich überhaupt wählen soll?"

Heiße Tränen liefen ihr übers Gesicht. Es waren Tränen ihrer Seele, die auf dem Weg über ihr Gesicht von der Kälte der Nacht ihre hoffnungsvolle Energie verloren.

Jede Träne ein Schrei nach Harmonie, jede einzelne ein Verlangen nach Frieden und Sinn für all das, was Nora auf der Suche nach Liebe bereits investierte. Ihr war noch nicht klar, dass genau diese Tränen die Antworten auf all ihre Fragen geben würden. Sie war sich nicht darüber bewusst, dass Tränen die Sprache ihres Herzens war. Sie wünschte sich innigst, dass sie mit ihr sprechen könnten, dabei riefen diese sinnerfüllten Tropfen doch förmlich um Hilfe, um sie von ihrem Kummer zu erlösen.

Wie sollte ein verletzter Mensch mit gepeinigter Seele auch den Ruf seiner inneren Stimme hören, wenn die Angst wie eine große Käseglocke über dem eigenen Selbstvertrauen steht. Warten Menschen in solchen Situationen wirklich auf einen Engel, der ihnen genau sagt, was sie zu tun haben? Oder wollen sie absolute Gewissheit und Sicherheit in Anbetracht einer ungewissen Zukunft, bevor sie ihre Angst überhaupt zu besiegen versuchen. Dies wäre wohl kein Sieg über die

Angst, denn sie würde mit Sicherheit weiter in uns wirken und wachsen. Auch bei der nächsten zu bewältigender Lebensaufgabe, die Nora mit Sicherheit zu lösen hätte, wäre die Angst wieder in voller Lebensgröße da, um sie an der Lösung zu behindern. Solange, bis sie erkannt hat, dass am Ende die Angst ihr größter Feind ist. Und wer möchte schon gerne einen Feind in seinem Inneren wohnen lassen?
Nora äußerte ihre Wünsche durch ihre Tränen, doch sie konnte nicht recht daran glauben, dass sie ihre Angst damit besiegen kann. Sie konnte nicht glauben, dass sie die Kraft für einen Neuanfang bereits in sich trug. Diese Kraft erschien ihr momentan nicht anwesend zu sein und schien auf Dauer verloren gegangen zu sein. Doch der Himmel und alles, was sich da oben regte, wusste, dass ihre Kraft im Inneren verborgen bleibt, bis Nora sie endlich selbst in sich weckt.

In der Stimme ihres Herzens fand sich der Weg aus all ihrer Traurigkeit. Diese Stimme würde sie eines Tages deutlich hören und ihr letztendlich auch gehorchen.

Nora saß immer noch auf ihrem Balkon und sah zu den Sternen hinauf. Jede Träne, verdampfte und versammelte sich in einer kleinen Wolke, nachdem sie über ihr Gesicht gerollt war. Diese kleine Wolke ließ sich vom Wind dorthin treiben, wo Noras neuer Weg letztendlich beginnen sollte. Die Tränenwolke wurde irgendwann so schwer, dass sie sich zu öffnen begann. Jede einzelne von Noras Tränen fiel nun herab – auf Bäume, Blätter und das Gras. Tränen fielen auf die Straßen und auf die Menschen, die sich unten fortbewegten. Einer dieser Menschen wurde vom plötzlich einsetzenden Regen von zahlreichen Tränen getroffen. Er blieb stehen und blickte ungläubig zum Himmel, als ihm die warmen Tropfen über sein Gesicht liefen. Er genoss ihre Wärme, denn die Tropfen waren voller Gefühle. Sie ließen ihn die Traurigkeit Noras fühlen. Es durchdrang ihn eine starke Sehnsucht nach Harmonie, nach Liebe und nach einer Frau, die diese Sehnsucht ebenso hätte.

Er blieb so lange stehen, bis es aufhörte zu regnen und der kühle Wind sein Gesicht erfrischte. Er sah zum bewölkten Himmel hinauf, der nun wieder die Sterne durchschauen ließ. Sie funkelten dermaßen, sodass er nicht aufhören konnte jeden einzelnen Stern in seiner Pracht zu bewundern.

Diese Sterne waren seine einzige Freude an diesem Abend, denn sie nahmen ihm die Angst auf ewig allein zu sein. Ihm wurde in diesem Moment klar, dass die Frau, die er einmal lieben würde, diesen wunderschönen Sternenhimmel mit Sicherheit auch gerade in diesem Moment erlebte. Er hatte die Gewissheit, dass sie schon sehnsüchtig in Gedanken nach ihm Ausschau hielt. Er wusste, dass sie große Angst hatte, ihn nicht zu finden und ihr noch nicht klar war, dass ihre Tränen ihn bereits tief berührt hatten.

So fing er an mit ihr im Geiste zu reden: „Du weißt nicht, wo ich bin. Du kennst nicht meinen Namen, doch du musst wissen, dass ich dich liebe. All deinen Kummer werde ich heilen, all deine Sorgen werde ich mit dir teilen. Komm! Steh auf und geh mir ein Stück entgegen. Vertraue deinem Gefühl und lass dich von niemanden aufhalten, denn ich bin hier und komm dir bereits entgegen!"

In diesem Moment wurde sein verborgener Wunsch so stark, sodass auch er seine Tränen laufen ließ.

Seine ebenso heißen Tränen liefen an seinem Gesicht herab und auch sie verdampften und verdichteten sich wieder zu einer immer größer werdenden Wolke. Der Wind nahm diese Wolke mit und er kannte bereits ihr Ziel, als er ihr hoffnungsvoll nachblickte. An ihrem Bestimmungsort angekommen verlor auch seine Tränenwolke die ersten Tropfen.

Nora war gerade in der Stadt unterwegs und wurde vom Regen überrascht. Mitten auf einer Brücke blieb sie stehen, sah zum Himmel und ließ die Tropfen absichtlich auf ihr Gesicht fallen. Es waren weiche Tropfen, warm und samtig. Sie genoss jede einzelne Himmelsträne, als wäre es die letzte ihres Lebens gewesen. Sie liefen ihr übers Gesicht und verwandelten sich auf dem Weg über den Hals hinunter zu ihrem Herzen in eine Botschaft, die ihr sehr bekannt vorkam. Es war die Botschaft ihres eigenen Herzens, die sie soeben wiederfand. Sie sah zu Himmel, der mit Wolken überhangen war. Jeder einzelne Tropfen spendete ihr Hoffnung und nahm ihr die Angst vor der Zukunft. Ihr wurde klar, dass sie nur die Angst hatte, ihre große Sehnsucht nicht stillen zu können.

Sie ging mit einem Lächeln im Gesicht nach Hause und sammelt seither Kraft für die Reise zu ihrem Glück. Wohin diese Reise genau ging, war ihr noch nicht vollends bewusst. Doch langsam verlor sie die Angst davor und die Freude darüber ließ ihr Selbstbewusstsein endlich wachsen. In Nora wuchs die

Kraft, gegen ihre Angst zu kämpfen, und sie erkannte endlich, dass es sich nicht lohnt, vor jener Angst zu fliehen, die in ihr selbst wohnte.

Sie dachte sich: „Keine Angst wird mich jemals aufhalten all das zu tun, um Frieden, Harmonie und Glück in meinem Leben zu finden!"

Von blutigen Tränen und falschen Entscheidungen

Ich gehe die Straße entlang, habe mich wie immer in meine Welt zurückgezogen. Es regnet und ich bin auf dem Weg zu meiner Freundin. Ich stehe vor ihrer Türe, ich klingle – ihre Mutter öffnet. Als ich schließlich frage, wo denn Laura ist, fängt ihre Mutter unvermittelt an zu weinen. Laura befand sich zu meinem Entsetzen im Krankenhaus – ich fahre sofort hin.

Als ich endlich zu ihr ins Krankenzimmer komme, sieht sie äußerst blass aus. Angeblich trank sie viel zu viel Alkohol und wird schon morgen wieder entlassen.

Mich nimmt das alles sehr mit. Der Alkohol hätte sie fast umgebracht und sie will einfach so weitermachen und trotzdem weiterhin exzessiv Alkohol trinken. Bin ich daran schuld? Ja, natürlich – wer den sonst? Ich überlege mir den ganzen Heimweg, was ich denn als ihre Freundin falsch gemacht habe und was ich mir niemals verzeihen kann.

Ich komme heim und mein erster Weg führt mich wie immer gleich zu meinem Schrank, wo meine Rasierklingen und Verbände gelagert sind. Ich setzte mein geliebtes Stück Edelstahl fest an meiner Haut an und drücke es, solange und so tief hinein, bis ich das Gefühl vom ständig anwesenden Schmerz nicht mehr wahrnehme. Dann ziehe ich durch und es entsteht eine klaffende Fleischwunde. Das Blut fließt meinen Arm hinab und mir wird ganz warm. All meine Sorgen sind in diesem Moment vergessen, ich fühle mich frei und erlöst. Doch dann merke ich, dass es da noch eine andere Seite gibt ...

Ich kann nicht mehr und ich möchte nicht mehr. Das Blut tröstet mich zwar, aber es erlöst mich leider nur vorübergehend von meinem Leidensdruck. Trotzdem bestraft es mich gerecht für meine zahlreichen Sünden.

Hätte ich Laura gestern doch bloß nicht den ganzen Alkohol gegeben, dann wäre das alles nicht passiert. Ich bin schuld und hätte sie fast umgebracht. In meinem Kopf entsteht ein Plan, ich weiß, was ich tun werde und fühle mich auf einmal wieder besser, denn ich habe nun die Gewissheit, dass ich selbst für Gerechtigkeit sorgen kann und werde.

Ich will nicht mehr leben, der Tod ist doch schon so lange mein Freund. Ich erinnere mich daran, dass meine Mutter irgendwo im Badezimmerschrank noch eine Packung voller Schlaftabletten hat, wenn ich mich einfach betrinke und dann die Tabletten schlucke, dann wäre ich frei. Es wäre nicht der erste Versuch, mir das Leben zu nehmen. Sieben habe ich schon hinter mir, doch dieses Mal würde es funktionieren. Ich setzte mich wieder an meinen Schreibtisch und beginne einen Abschiedsbrief zu schreiben. Dabei denke ich an Laura. Während des Schreibens laufen mir zahlreiche Tränen die Wangen hinab. Ich beginne mich dafür zu schämen und greife gleich wieder zur Klinge. Das Spiel von eben wiederholt sich und ich weiß, dass ich die Gewissheit habe, dass das mein letzter Schnitt in diesem Leben ist. Ich habe die Tabletten geschluckt. Alle Tabletten sind nun in meinem Magen. Der Alkohol und die Tabletten machen mich müde. Ich schicke Laura eine letzte SMS und lege mich auf mein Bett – bereit zum Einschlafen – für immer ...

Ich beginne zu träumen – träume von Engeln und von Freiheit ... ich freue mich ...

Was ist das den für ein Lichtstrahl? Ich öffne meine Augen und was ich da sehe, hätte ich am liebsten nicht gesehen. Ich liege im Krankenhaus auf der Intensivstation und mir wird der Magen ausgepumpt. Ich will das nicht erleben, ich will schlafen – endlich sterben.

Wer zum Teufel hat mich gefunden? Wer hat mich ins Krankenhaus gebracht und vor allem warum möchte

mir jemand noch das Leben retten? Ich bin es nicht wert zu leben – ich will sterben!
Als ich endgültig aufwache, steht Laura an meinem Bett und schaut mich besorgt an. Als sie merkt, dass ich endlich wach bin Laura erzählt mir aufgeregt, obwohl ich noch nicht ganz im Hier und Jetzt angekommen bin, dass sie sich riesige Sorgen um mich gemacht hat und dass sie schon dachte, dass alles zu spät gewesen sei. Laura meint sie würde sich sehr freuen, wenn ich mich für das Leben entscheiden könnte. Für ein Leben mit ihr in dieser Welt – in ihrer und meiner Welt.
Heute, ein halbes Jahr später habe ich begriffen, dass ich unbedingt leben muss. Und zwar, weil ich es Laura schuldig bin! Der absolute Wille dazu fehlt mir leider noch, aber ich denke, dass er mit der Zeit schon noch kommen wird. Laura hält mich bis dahin am Leben. Wenn ich sie nicht hätte, wäre ich mit meinem Leben heillos überfordert.

Durch die Anrufliste am Handy sah er, dass er damals selbst die Rettung angerufen hatte. Unterbewusst und im Delirium. Er konnte sich aber daran gar nicht mehr erinnern. Der Wille zu Leben war also bis zum Ende, vor allem wenn es wirklich darauf ankam, für ihn selbst überraschend stark und dieser unverhoffte Lebenswille hat sich trotz seiner Todessehnsucht wegen ihrer innigen freundschaftlichen LIEBE zu Laura durchgesetzt?

Ihm wurde klar, dass Liebe stärker als der Tod war und diesen sogar überdauern würde.

Alles ändert sich

Der Bahnhof war dreckig und leer. Ich saß im Wartehäuschen und wartete darauf, dass Amelie endlich ankommt.

Ich hole sie immer vom Bahnhof ab, wenn sie von der Uni kommt. Damit sie nicht allein laufen muss.

Amelie sagte mir, dass sie mit der Bahn um 13 Uhr kommt.

Es war bereits viertel nach, als ich folgende SMS erhielt:

„Hey du, Ich durfte schon früher gehen und bin jetzt daheim. Wo bist du?"

Sauer und enttäuscht machte ich mich allein auf den Weg nach Hause, ohne darauf zu antworten.

Amelie und ich kannten uns eigentlich erst seit ein paar Monaten, jedoch kam es uns immer so vor, als ob wir uns ein Leben lang kannten.

Sie war um einiges älter als ich, was uns jedoch nichts ausmachte. Ich verstand sie und sie verstand mich.

Noch nie zuvor kannte ich jemanden, dem ich so dermaßen blind vertraute wie ihr.

Zu Hause angekommen traf ich endlich auf Amelie. Diese war jedoch nicht allein, denn Paula war bei ihr.

Paula war Amelies beste Freundin, schon bevor ich sie kennengelernt hatte.

Amelie hat in letzter Zeit oft schlecht über Paula geredet, weil Paula sich nur noch bei Amelie meldete, wenn Paula Probleme hatte.

Ich war immer davon überzeugt, dass sie Amelie nur als Seelenklempner benutzte.

„Hey ihr beiden." Sprach ich sie mit einem aufgesetzten Lächeln an, um zu verbergen, dass ich eigentlich sehr enttäuscht bin.

„Hy! Wo warst du? Du hast nicht auf meine SMS geantwortet", antwortete Amelie mit einem unbekümmerten Lächeln, welches mein Herz immer erwärmte, wenn ich es sah.

„Ach ... Ich war nur spazieren ... Tut mir leid, mein Handy-Akku ist leer." Ich schaute auf den Boden. Ich hasste es zu Lügen. Aber ich wollte nicht, dass sie sich schuldig fühlte, weil sie mich im Grunde ja versetzt hat.
„Naja ihr beiden, ich werde dann mal reingehen. Es ist ein wenig frisch hier und ich muss noch zu Hause sauber machen", fuhr ich fort, ohne eine Antwort von Amelie abzuwarten. Eigentlich hatte ich mich so auf einen Tag mit ihr gefreut, aber mit Paula wollte ich nichts zu tun haben. Mir war bewusst, dass Paula Amelie nur ausnutzte, aber ich wusste auch, dass Amelie Paula eigentlich mochte. Weshalb ich mir meine Abneigung gegenüber Paula nie anmerken ließ.
„In Ordnung. Ich melde mich später bei dir okay?", antwortete Amelie und lächelte immer noch. Beide drehten sich um und liefen in Richtung Zentrum davon. Ich blieb noch eine Weile stehen und schaute den beiden hinterher. Ich hatte nie verstanden, warum Amelie mir gegenüber schlecht über Paula redete und

sie dann trotzdem so oft ganz normal mit ihr um die Häuser zog.

Wahrscheinlich, weil Amelie der festen Überzeugung war, dass Paula sie nur für sich ausnutzt, weil es Paula zurzeit eben nicht so gut ging. Für mich war das jedenfalls unverständlich, aber ich hielt mich da raus.

Am Abend kam dann keine SMS von Amelie und wieder war ich enttäuscht. Ich saß auf meinem Bett und schaute aus dem Fenster nach oben – sternenklarer Himmel.

„Was ist wohl los? Warum meldet sie sich nicht?" schwirrte mir immer wieder im Kopf herum. Ich nahm mein Handy und schrieb endlich eine SMS.

„Hy Amelie! Ist alles okay bei dir? Du wolltest dich doch melden. Ich mache mir schon Sorgen." Ich wollte die SMS gerade abschicken als ich aus dem Fenster schaute und Amelie sah – Sie wohnte nur eine Tür weiter. Paula hatte ich erst gar nicht bemerkt, erst als Amelie sie zum Abschied umarmte. Während dieser Umarmung bewegte ich mich weg vom Fenster, um die SMS zu löschen und ins Bett zu gehen.

„Schade ... Ich mache mir Sorgen und schlussendlich hat sie mich doch nur wieder versetzt." Dachte ich mir im Bett ... „Und dazu dann noch wegen einer Freundin, welche sie eigentlich nur ausnutzt".

Ich hatte so sehr darüber nachgedacht, dass ich gar nicht bemerkte, wie mir einige Tränen still über mein Gesicht liefen.

„Ach, mach dich doch nicht verrückt!", murmelte ich leise zu mir selbst. „Sie sind nun mal Freunde, ob es dir nun gefällt oder nicht." Ich versuchte mir einzureden, dass es mir egal war – es gelang mir leider nicht.

Am nächsten Morgen richtete sich mein erster Blick auf mein Handy. Wieder keine SMS, aber eigentlich dachte ich mir das schon.

„Warum hast du dir überhaupt Hoffnung gemacht ...", sagte ich leise. „War doch klar, dass du wieder einmal nur gut für andere bist, wenn niemand besseres da ist. Wie immer."

Ich setzte mich auf den Boden. Zwischen Bett und Wand. Ich weinte, wie schon lange nicht mehr. Ich war sauer und zugleich enttäuscht.

Ich hatte mich wohl in den Schlaf geweint, denn als ich das nächste Mal auf die Uhr schaute war es schon 12 Uhr mittags. Aber zum Glück hatten wir ja schon Samstag.

An diesem Tag war Amelie auf Marios Geburtstagsfeier – Mario war Paulas Verlobter. Ich war zum Glück mit viel Hausarbeit beschäftigt, weshalb der Tag auch schnell verging.

Ich wollte mich gerade auf den Weg ins Bad machen, um mich bettfertig zu machen, als ich eine SMS von Amelie erhielt.

„Hy! Hast du kurz Zeit? Kannst du vielleicht mal rüberkommen?" Ich las die SMS mehrmals durch und überlegte echt, ob ich sie vielleicht auch mal versetzen sollte.

„Wieso solltest du ihr helfen?“, schoss es mir durch den Kopf. Meine Gedanken waren für den Bruchteil einer Sekunde so negativ wie noch nie. Eigentlich war ich ein sehr sozialer Mensch, weshalb ich mich, doch dafür entschied zu ihr rüberzugehen. Ich zog mir meine Jacke an und ging hinüber und zum Glück wohnte sie direkt nebenan, denn es war ziemlich kalt draußen.

Ich betrat ihre Wohnung und sie begrüßte mich wortlos mit einer langen Umarmung. Es roch gut hier – in Amelies Wohnung roch es immer gut. Schon das erste Mal, als ich hier zu Besuch war, hatte ich mich äußerst wohlgefühlt.

Sie richtete ihren Arm in Richtung Flur und machte mir damit klar, dass ich ins Wohnzimmer gehen soll. Wir verstanden uns eigentlich auch ohne Worte, also war das schon in Ordnung. Aber mir war sofort klar, dass hier irgendwas nicht stimmt.

„Also, was ist los?", fragte ich sie. Amelie schaute bedrückt auf den Boden und versuchte vergebens ihre Tränen zu unterdrücken.

„Es tut mir leid!", war erst mal alles, was sie rausbrachte. Ich wartete einige Minuten ab, ohne ihr zu antworten, woraufhin sie mir endlich erzählte, was genau passiert war.

„Paula hat mich die ganze Zeit belogen und ausgenutzt", sprach sie leise, aber deutlich. "Vorhin ... vorhin auf dem Geburtstag von Mario habe ich alles mitbekommen."

Wieder folgte eine lange Pause. Ich wollte gerade nachfragen, als sie von allein fortfuhr.

„Wir saßen alle zusammen im Wohnzimmer und ich habe gesagt, dass ich eben mal auf die Toilette gehe. Auf dem Weg zurück standen Paula und Mario in der Küche und haben meinen Namen erwähnt, weshalb ich nicht anders konnte, als zu lauschen."

Sie fing wieder kurz an zu weinen, aber riss sich nach wenigen Sekunden wieder zusammen und erzählte ihre Geschichte weiter.

„Paula hat zu Mario gesagt, dass ich nur deswegen ihre Trauzeugin wurde, damit ich nicht dahinterkomme, dass sie mich nur benutzt. Sie kann sich nur bei mir so gut ausheulen und es gäbe sonst niemanden, der ihr so gute Ratschläge gibt wie ich."

Sie fing wieder an bitterlich zu weinen.

Ich verbrachte diese äußerst langen Minuten damit, mich einigermaßen zusammenzureißen. Sonst hätte ich sicher zu fluchen begonnen und es endlich rauszuschreien, dass mir das Verhalten von Paula von Anfang an klar war. Zu diesem Zeitpunkt verspürte ich einen tiefen Hass gegen Paula – so stark wie noch nie zuvor.

Amelie atmete kurz tief durch, was mich wieder daran erinnerte genau zuzuhören.

„Ich habe den ganzen Abend so getan als hätte ich das Gespräch nicht mitbekommen. Erst als wir alle gehen wollten, habe ich Paula dann gefragt, ob sie kurz mit mir allein reden könnte, denn ich wollte sie nicht vor den anderen Gästen bloßstellen. Trotz alledem."

Amelie sagte noch irgendwas, was ich aber nicht mehr mitbekam, weil ich einfach zu sauer auf mich war und mich in Gedanken selbst ohrfeigte. Wie konnte ich nur auf Amelie sauer sein? Auf einen so liebevollen Menschen?

Selbst nach der Missachtung durch Paula in letzter Zeit konnte ich ihr nichts Schlechtes antun und dass, obwohl ich ja extrem eifersüchtig war!

Ich hörte Amelie nun wieder zu. „Es tut mir leid, dass ich dich..." Ich unterbrach Amelie und nahm sie lange und fest in den Arm. Ich weinte schon wieder. Aber dieses Mal nicht aus Ärger und Wut, sondern aus purer Liebe zu Amelie.

Alles, was von oben kommt ...

Maximilian, den alle nur Maxi nennen, ist froh und glücklich, wenn er mit seinem Vater gemeinsame Stunden in der Natur verbringen kann. Entweder hat er eine Idee was sie gemeinsam machen könnten oder sein Vater. Heute haben sie sich vorgenommen mit dem neuen Ball zu spielen, den er von seiner Tante Lenny zum Geburtstag geschenkt bekam.

Ein kritischer Blick aus dem Zieselloch sagt dem Vater, dass sich das Wetter nicht gerade von seiner besten Seite zeigt. Der Wind zottelt so lange an den herbstbunt gefärbten Blättern des Ahornbaumes, bis diese sich von den Ästen lösen und im Kreis drehend zur Erde fallen. Dicke Wolken, von denen man glauben könnte, dass sie prall mit Wasser gefüllt sind und demnächst ihre Schleusen öffnen würden, veranlassen den Vater zu fragen: „Wollen wir nicht besser zu Hause bleiben Maxi?“

„Nein, natürlich nicht! Wir sind doch nicht aus Zucker! Oder?“, entrüstet sich Maxi und zieht demonstrativ seinen wetterfesten Anorak an. „Worauf wartest du noch?“, erkundigt sich Maxi.

„War doch nur eine Frage“, nörgelt der Vater und folgt seinem Sohn in die Garderobe, um sich ebenfalls wetterfest anzuziehen.

Gemeinsam verlassen sie die Wohnung. „Ich muss noch einmal zurück!“, sagt Maxi als sie fast unten im Haus angelangt sind und fügt hinzu: „Ich habe etwas Wichtiges vergessen.“

„Du hast doch deinen Ball“, stellt der Vater etwas irritiert fest und sieht seinen Sohn ungläubig an.

Nachdem Maxi sein Holzschwert bei sich weiß, kann der Ausflug zum alten Schloss endlich beginnen.

Umgeben ist das alte Burgschloss von einer dicken hohen Mauer, die nur von einem großen Torbogen unterbrochen wird, in dem sich wiederum eine riesige zweiflügelige Holztür befindet. Vor dem Schloss ist eine große Wiese, auf der es sich wunderbar Ballspielen lässt. In Maxis Vorstellung ist das altehrwürdige Schloss eine Ritterburg, die es zu verteidigen gilt. Deshalb war es ihm auch so dermaßen wichtig das Holzschwert dabei zu haben. Man kann ja nie wissen ...

Kaum sind sie angekommen, wirft Maxi den Ball immer und immer wieder gegen die Mauer und freut sich, wenn der Ball zurückkommt und er ihn wieder gekonnt auffangen kann. Zunächst zielt Maxi mit dem Ball nur auf die halbe Höhe der Mauer, so versucht er nach einiger Zeit ihn bereits bis zur oberen Mauerkante hochzuwerfen. Der Vater beobachtet die Anstrengung seines Sohnes mit Argwohn. Gerade als er seinen Sohn darauf hinweisen will, dass ja der Ball über die Mauer fliegen könnte, da passiert es auch schon.

Der Ball verschwindet für Maxi völlig unverhofft hinter der Mauer und der kleine Ziesel ist entsetzt. Der Vater fühlt sich in seiner Vorahnung bestätigt. Beide Ziesel, Jung und Alt, schauen sich ratlos an.

„Papa mein Ball ist weg!“, ruft Maxi, dreht sich um und schaut mit weit aufgerissenen Augen in jene Richtung, in der sein Ball über der Mauer verschwand. Er hofft noch, dass der Ball auf magische Weise den ganzen Weg zurückgeflogen kommt. Maxi wartet jedoch vergebens auf das erwünschte Wunder. Flehend schaut er wieder seinen Vater an und hofft, dass dieser eine Lösung parat hat. Das ratlose Gesicht des Vaters treibt Maxi nach wenigen Augenblicken die Tränen in seine Augen. Der Vater umschließt Maxi mit beiden Armen und hofft damit Trost zu spenden. Das Schluchzen seines Sohnes wird jedoch nicht weniger und ist bald nicht mehr zu überhören.

„Lass uns zum Tor gehen und versuchen es zu öffnen.“

Die Idee des Vaters beruhigt Maxi erst mal ein wenig und er wischt sich mit seiner kleinen rechten Pfote die Tränen aus seinem Gesicht. Seine kleine linke Pfote jedoch vergräbt er in die viel größere Pfote seines Vaters, der sie im Gegenzug fest umschließt.

Beide stehen jetzt so Pfote in Pfote ganz entschlossen vor dem mächtigen großen Holztor und der nicht zu übersehenden riesigem Türklinke. Diese ist so hoch angebracht, dass der kleine Max so hochspringen kann, wie er nur wollte, doch diese Türe könnte er niemals ohne Hilfe öffnen. Doch sein Vater hatte eine Idee. Sie gingen noch ein bisschen weiter, inspizierten alles und da entdeckten sie an der Tür plötzlich eine kleine Öffnung. Von seinem Vater wusste Max, dass diese Öffnungen extra für Haustiere wie zum Beispiel Katzen, Hunde und sogar für Postsendungen eingebaut wurden.

Es war aber viel zu gefährlich für kleine Ziesel, da einfach so mir nichts dir nichts reinzuspringen, ohne zu wissen, welche Gefahren auf der anderen Seite auf sie warteten. Nein, nein. Viel zu gefährlich und riskant.

Sein Vater ließ Max trotzdem auf seinen Rücken steigen, um ihm gleich die Neugier für solchen Situationen zu nehmen und ihm damit zu verdeutlichen, dass er so was niemals riskieren darf. Max stieg auf die breiten Schultern seines Vaters und wollte in das dunkle Loch hineinschauen, doch da vernahm er schon ein böses Knurren von drinnen. Schnell stieg er wieder herab und zitterte am ganzen Körper wie Espenlaub. Sowas würde er nie wieder machen.

Sein Vater umarmte und drückte ihn ganz fest, um ihn wieder zu beruhigen.

Aus Maxi schwinden Hoffnung und Zuversicht und er ist maßlos enttäuscht: von sich selbst, von seinem Vater und vom blöden verschlossenen Holztor.

Nur mit allergrößter Mühe kann der kleine Ziesel verhindern, dass erneut Tränen aus seinen Augen kullern. Auch der Vater wirkt zusehends unzufrieden, denn nur allzu gerne hätte er seinem Sohn die Möglichkeit eröffnet, hinter die Mauer zu gelangen damit dieser seinen Ball zurückholen kann.

Maxi löst sich unerwartet aus der Pfote seines Vaters. Mit beiden kleinen Tatzen umfasst er gekonnt sein Holzschwert und schlägt so kraftvoll wie er nur kann gegen die sture Holztür. Immer und immer wieder – ein Kampf wie David gegen Goliath. Der Vater versucht seinen Sohn schnell zu beruhigen, indem er zu ihm sagt: „Maxi, das bringt doch nichts. Lass es gut sein!"
Maxi lässt sich nicht beruhigen. Ganz im Gegenteil. Die Aussage seines Vaters veranlasst ihn noch aggressiver auf das Tor einzuschlagen. Endlich lassen Maxis Kräfte nach. Kraftlos und maßlos enttäuscht senkt sich sein stolzes Holzschwert, bis die Spitze den Boden berührt. Sein hellblondes feines Fell ist aufgrund der sinnlosen Anstrengung völlig nass geschwitzt. Am Ende mischen sich beim erschöpften Maxi der Schweiß mit seinen Tränen der Wut. Der Vater umschließt seinen Sohn erneut mit beiden Armen und versucht beruhigend auf ihn einzureden: „Maxi, das hat doch keinen Sinn. Mit Gewalt lassen sich Probleme nicht lösen."

Ein strenger Blick auf seine Taschenuhr veranlasst den Vater seinem Sohn einen Vorschlag zu machen: „Es ist jetzt gleich siebzehn Uhr. Heute können wir hier nichts mehr ausrichten. Lass uns nach Hause gehen und morgen Vormittag wieder herkommen. Morgen werden wir bestimmt das Tor geöffnet vorfinden und dann kannst du dir deinen Ball zurückholen."

Maxi blickt zu seinem viel größeren Vater hinauf und sieht ihn hoffnungsvoll, aber gleichzeitig auch etwas ungläubig an. Er fragt noch immer schluchzend: „Bestimmt?"

„Bestimmt!", wiederholt der Vater seinen Sohn wohl wissend, dass er gar nicht sicher weiß, ob sein Versprechen morgen einzuhalten ist.

Nach einer kurzen Nachdenkpause erkundigt sich Maxi ungläubig: „Und wenn nicht?"

Bevor der Vater etwas Falsches sagt, hält er es für richtig auf diese Frage nicht mehr zu antworten. Er lenkt seinen Sohn kurzerhand ab, indem er Maxi auf ein

Rascheln unter der Mauerunterkante aufmerksam macht. Maxi ist jedoch wenig daran interessiert und denkt nur an seinen verloren gegangenen Ball.
„Sieh doch Maxi! Dort!“, der Vater zeigt auf einen Igel, der sich in der Nähe mit einem kleinen aufgespießten Apfel mühevoll durch das Herbstlaub quält.
„Siehst du den Igel?“, erkundigt sich der Vater amüsiert. „Hast du schon einmal einen Igel gesehen, der auf seinen Stacheln einen ganzen Apfel durch das Herbstlaub transportiert?“
Maxi lässt sich von der Freude seines Vaters nicht anstecken. Im Gegenteil. Der kleine enttäuschte Ziesel denkt sich still und leise: „Wie kann es sein, dass sich mein Vater über einen Igel mit Apfel auf dem Rücken amüsieren kann, während ich so einen herben Verlust verkraften muss?“
Indem er an seinem Vater herum zottelt, drängt er ihn zum Weitergehen. Maxi will einfach nur schnell weg von diesem schicksalsträchtigen Ort.

Sie laufen eine ganze Weile, als Maxi plötzlich stehen bleibt und seinen Vater fragt: „Ob der arme Igel noch immer seinen großen Apfel spazieren trägt?"
„Woher soll ich das denn wissen?", meint der Vater verdutzt und sieht seinen Sohn dabei stirnrunzelnd an.
„Wenn du es nicht weißt und ich es nicht weiß, so müssen wir nachschauen gehen!", tönt Maxi etwas altklug und hält dabei sein Schwert hoch, das er die ganze Zeit in der rechten Tasche seines Anoraks gesteckt hatte.
Der Vater schmunzelt und meint zustimmend: „Wo du recht hast, hast du recht!"
Vater und Sohn drehen sich sofort um und gehen zurück. Tatsächlich finden sie den Igel mit dem Apfel auf dem Rücken an der Stelle, wo er sich vorhin bereits aufgehalten hat.
„Wie ist denn der Apfel überhaupt auf den Rücken des Igels gekommen?", möchte Maxi von seinem Vater

wissen und schaut erst ihn und dann den Igel erwartungsvoll an.

Der Vater ist sich nicht ganz sicher, wie der Apfel auf den Rücken des Igels gelangte. Aber er vermutet, dass der Apfel im richtigen Moment vom Baum fiel und direkt auf dem Rücken des Igels landete.

Bei der Vorstellung wie sich dieser unglaubliche Zufall zugetragen haben muss, kann sich Maxi plötzlich nicht mehr halten und beginnt zu lachen. Auch sein Vater kann sich nicht mehr zusammenreißen lacht lauthals mit.

Maxi meint altklug: „Alles, was von oben kommt, landet irgendwo!“

„Da hast du ganz recht, Maxi! Alles, was von oben kommt, landet irgendwo! Egal ob unter einem Apfelbaum oder punktgenau auf einem Igel. Alles landet am Ende irgendwo!“

Maxi hatte Mitleid mit dem Igel und befreite ihn mithilfe seines Holzschwertes ganz behutsam vom Apfel.
Sichtlich erleichtert von der schweren Last des Apfels blieb der Igel kurz stehen, und blinzelte Max mit seinen kleinen schwarzen Knopfaugen zu.
Ganz unerwartet gab der Igel einen sehr undefinierbaren Laut in Richtung eines nahestehenden Baumes von sich. Ganz hoch oben am Baum, schön versteckt, sahen sie auf einmal eine sehr große alte Waldeule sitzen.
Dieser flog kurz darauf majestätisch zum Igel heran und beugte ihren Kopf zu ihm herunter. Sie flüsterten äußerst geheimnisvoll miteinander, sodass Max und sein Vater gar nichts davon verstehen konnten.
Auf einmal flog die Waldeule wieder hoch und war auch schon blitzschnell auf der anderen Seite der Mauer verschwunden. Kurz darauf erschien sie wieder und legte Max seinen Ball vor dessen Füße. Max war vor

Freude total aus dem Häuschen und bedankte sich mehrmals sehr artig und höflich bei der Eule und natürlich auch bei dem Igel.
Die alte Waldeule flog gleich darauf wieder zu ihrem gut ausgesuchten Versteck. Nachdem Vater und Sohn beobachten konnten, dass der Igel unter seiner Last nicht mehr leidet, verabschiedeten sie sich von ihm, indem sie sich tief vor ihm verbeugten.
Zufrieden treten die beiden Ziesel ihren Heimweg an und merken erst jetzt, dass sich die dichten Wolken verzogen haben und die Herbstsonne das bunte Herbstlaub wunderschön zum Strahlen bringt.

Begegnung zu Weihnachten

Und wenn morgen ein neues Jahr beginnt, ist dann alles anders? Werden die Karten neu gemischt und jeder bekommt eine neue Chance? Viele Jahre lang hatte sie fest als Kind daran geglaubt, doch heute erinnerte sie sich lediglich daran.

Es war eine Stunde vor Mitternacht, als sie die Kerzen ausblies, sich in ihren Wintermantel mummelte und geschlagene fünf Minuten brauchte, um den Reißverschluss des Mantels zu zähmen. Den dicken dunkelroten Schal hatte sie erst vor wenigen Tagen fertig gestrickt. Jetzt legte sie ihn endlich um und konnte nur noch mit Mühe mit der Nasenspitze daraus hervorlugen.

Vorsichtig und sachte schloss sie die Wohnungstür ab und blieb noch einen Moment lang reglos in der kalten Winternacht stehen. Sie wollte, wie es im Volkslied heißt, „...übers schneebedeckte Feld wandern ...“, doch

es hatte nicht geschneit – es war einfach nur dunkel und kalt. Aber das war nicht so schlimm, denn für den Schnee würde ihre Fantasie schon sorgen.
Sie suchte die stilleren Gegenden der Stadt, vergrub die Hände tief in den Manteltaschen und streichelte mit der linken Hand den kleinen Weihnachtsbären, den sie geschenkt bekommen hatte.
Die alte Kirche stand auf einer Anhöhe etwas außerhalb und von da konnte sie auf die Lichter der Stadt hinabblicken. Eine Melodie formte sich in ihrem Kopf. Das war nicht ungewöhnlich, denn immer schon verband sich für sie mit dem Anblick einer Landschaft, die sie emotional berührte, unwillkürlich auch Musik. Man könnte fast sagen, sie konnte den Anblick „hören“.
Diese Melodie hier war ein wenig melancholisch, aber getragen von Versöhnung und einem zaghaften Optimismus, der vorsichtig leise aus den Lichtern blinzelte und ein wenig unbeholfen einem Moll-Akkord hinterher stolperte.

Dann erklang der tiefe, sonore Bass der Kirchenglocke ... 8-mal, 9 ...10 ...11 ... dann Mitternacht. Die Lichter der Stadt vervielfachten sich und schienen in allen Farben in einem Feuerwerk zu explodieren. Ein neues Jahr, ein unbekanntes Land und in ihre Neugierde auf das, was kommen mochte, mischten sich wundervolle sanft herabfallende Schneekristalle. Es schneite auf der Welt. Da plötzlich war sie wieder jenes Kind, das mit großen Augen zum Himmel äugte, beide Arme nach oben riss, sich im Kreis drehte und die Zunge weit herausstreckte, um all die schönen Schneeflocken zu fangen. Währenddessen flog der kleine Kuschelknuddelbär aus ihrer Tasche, in weitem Bogen durch die Luft und machte seine erste Bekanntschaft mit dem Schnee.

Dann stand sie still. Die Flocken fielen ihr aufs Gesicht und die ausgebreiteten Hände, während sich ihr Atem beruhigte und sie dem Feuerwerk zusah, bis sich all der Glitzer und Glamour in Rauch aufgelöst hatte. Die erste Nacht des neugeborenen Jahres freute sich über den

Schnee, der sie später in weiße Watte hüllen würde. Es war zumindest ein guter Anfang und die Nacht lächelte leise und zufrieden.

Plötzlich hörte die Spaziergängerin etwas, das nicht ihrer Einbildungskraft entsprungen war, sondern ein reales Geräusch. Es war so leise, dass man meinte, das Geräusch würde versuchen, kein Geräusch zu machen. Sie spitzte ihre Ohren, um den Urheber zu entdecken. Da war es wieder und es klang so winzig, dass es bequem unter eine Schneeflocke passen würde, wenn es nur Lust gehabt hätte, sich dort zu verstecken.

Sie ging auf die Kirche zu, und dort, wo ihr Bärchen notgelandet war und nun feucht mit klammen kleinen Tatzen protestierte, waren die Schatten der Nacht für einen Fleck lang etwas dunkler und irgendwie beweglich. Sie kam näher, um den Schneebären aufzuheben und um ihn in die warme und trockene Taschenhöhle zu befördern. Da bewegte dieser Fleck mit Schatten plötzlich zwei Ohren und eine

Schwanzspitze und wurde zu einer kleinen Katze, die unten an der Kirchenmauer Schutz gesucht hatte. Die nächtliche Wanderin ging in die Knie und streckte vorsichtig ihre rechte Hand entgegen. Mit ihrer sanft-weiblichen Moll-Stimme lockte sie den kleinen ebenso nächtlichem Kirchgänger mit sanften Worten. Der kleine Kater, der nicht lange widerstand, nun zögernd die so dargereichte Hand beschnupperte. Dann zog er sich wieder in den Schutz der Dunkelheit zurück. Sie richtete sich wieder auf, zögerte noch einen kurzen Moment und setzte dann ebenso ihren Spaziergang fort, der sie in weiterer Folge über die Felder führen sollte.

Nach einer Weile stellte sie fest, dass sie verfolgt wurde. Ihre vierbeinige Nachhut hielt stets den gleichen Abstand. Und blieb sie stehen, so verharrte auch ihr kleiner Verfolger. So hielt sie schließlich endgültig inne, drehte sich um und blickte in große leuchtend grüne Funkel Augen. Im selben Augenblick legten Mensch und Tier den Kopf schief zur Seite, als reagierten beide auf ein vereinbartes geheimes Zeichen. Ohne ein weiteres Wort war beiden klar, dass sie sich ab sofort die Milch und die warme Stube teilen und ab und an Streit darüber haben würden, wer den bequemen alten Sessel benutzen dürfte. Wer diesen Streit stets gewinnen würde, konnte man schon erahnen, doch als sich die Nachtwandlerin umdrehte und wieder nach Hause ging, da hätte ein unbeteiligter Dritter wirklich und wahrhaftig sehen können, wie sich auf dem Gesicht der Katze ein siegessicheres Grinsen breit machte. Da hatte sie in dieser ersten Nacht des neuen Jahres einen richtigen Kuschelmenschen abbekommen ... ob es hie und da wohl auch etwas Fisch für sie geben würde?

Warum sind die anderen keine besseren Menschen?

Ein Thema begegnet mir seit vielen Jahren immer wieder. Dabei versuche ich schon fast krampfhaft, mich nicht damit zu beschäftigen. Aber ich kann mich nicht dagegen wehren. Manchmal fast unmerklich langsam und manchmal plötzlich drängt es sich mir wieder auf. Es ist ein Thema, das noch nicht einmal ein großes Tabu ist. Trotzdem ist es unangenehm und ich schäme mich ein bisschen darüber zu sprechen oder gar zu schreiben. Viele reden davon, ohne den Hauch eines schlechten Gewissens dabei zu haben.
Ich meine damit "das Gute im Menschen und die Attraktivität". Seit einigen Jahren durchforste ich die einschlägigen Partnerbörsen im Internet, um die eine Frau zu finden. Die Eine die mich ertragen kann und meine dauerhafte Anwesenheit als Bereicherung ihres Lebens betrachten würde. Heutzutage ist es nichts

Neues oder Verwerfliches, seinen Partner oder seine Partnerin über das Internet kennenzulernen.

Momentan bin ich nicht auf der Suche. Deshalb erlaube ich mir ganz ohne den Gedanken an einen zukünftigen Erfolg, über Attraktivität und den guten Charakter generell zu schreiben. Wohl jeder der auf der Suche ist, hat seine Vorstellungen von dem, was ihm oder ihr denn wohl gefallen würde. Es wird über Schönheit, Sportlichkeit, Gesundheit, gesellschaftliche Stellung und wirtschaftliche Ausstattung nachgedacht. Angenehme Manieren und Gewandtheit im Umgang mit den Mitmenschen wird vorausgesetzt. Eine Abstammung aus guter Familie wird gewünscht. Gewitzt und erfolgreich soll er oder sie natürlich auch sein und ebenso fähig den zukünftigen Partner bzw. die Partnerin zu erobern. Liebevoll und gut aussehend soll die Frau sein und in der Lage ihn mit ihrer Weiblichkeit auf Dauer zu bezirzen. Bis zu diesem Punkt ist noch alles in bester Ordnung. Der gewitzte und erfolgreiche Mann muss nur auf die liebevolle und gut aussehende Frau treffen. Und dann … Ja, dann folgt erst die Frage nach den viel gerühmten und angeblich so wichtigen "inneren Werten". Denn wer will schon mit einem charakterlich unterbelichteten Partner oder Partnerin gemeinsam durch den Rest des Lebens schreiten? Niemand. Und deshalb wird geprüft, was das Zeug hält. Beherrscht er die Grundregeln des seligen Herrn Knigge oder rülpst er ungeniert bei Tisch? Ist er großzügig oder ein Knauserer und Erbsenzähler? Flirtet sie in seinem Beisein mit dem Ober, oder doch lieber mit dem Restaurantbesitzer? Oder zeigt sie deutlich, dass sie im ganzen Restaurant nur Augen für diesen einen Mann hat, mit dem sie hergekommen ist? Kann man mit ihm wandern gehen oder will er aus dem Lotterbett nur noch heraus, um kurz zur Toilette zu gehen? Mag er ins Kino gehen oder grölt er lieber betrunken in einem Stadion herum? Und wie steht es eigentlich mit der Treue? Was versteht er oder sie eigentlich darunter?

Und ist er oder sie auch bereit das zu geben, was gefordert wird? Fragen über Fragen.
Ist doch in Ordnung so, werden viele jetzt denken. Das war doch immer so. Ja, das denke ich ja auch. Nur was ist mit den vielen Menschen, die vielleicht genau jene Charaktereigenschaften mitbringen, die gefordert oder gewünscht werden? Ich meine die Menschen, die überhaupt nicht die Chance bekommen, zu beweisen, was in ihnen steckt. Ich meine jene Menschen, die schon bei der Vorauswahl durch sämtliche Prüfungen fallen, ohne eine Chance auf spätere Richtigstellung. Speziell meine ich die Menschen, die anders sind als die meisten anderen. Sehr arme Menschen, von denen ja immerhin etliche Millionen auf der Welt leben. Und es werden immer mehr Arme auf dieser Erde. Menschen die krank sind. Manche unheilbar, manche einfach nur mit unansehnlichen körperlichen Merkmalen ein Leben lang gestraft. Menschen, die von Geburt an körperlich behindert sind und Menschen, die erst später durch

langsam schleichende Gebrechen und Krankheiten aus dem Feld der „Brauchbaren“ gedrängt werden. Was ist mit diesen Menschen? Heute werden nun mal sehr viele Bekanntschaften online angebahnt. Man hat auch die Möglichkeit, mit vielen anderen Menschen über viele Themen online zu diskutieren. Zu den Themen Armut, Behinderung und Partnerwahl gibt es in vielen Internet-Foren bereits sehr viele Fragen und Antworten. Überwiegend war man empört über die Frage selbst. "Arme und Behinderte sind doch Menschen wie Du und ich – gleichwertig und gleichberechtigt."

Ja klar, dachte ich, das sehe ich genauso. Es gibt also doch noch viele Menschen, die einen genauso guten Charakter haben, wie ich. "Die Behinderten können ja untereinander heiraten."

Das hat mich zunächst doch ganz schön umgehauen. Ich habe auch des Öfteren gehört, dass gehandicapte Personen, die sich auch bei Online-Singlebörsen

anmelden, im Netz vielfach beleidigt werden. Woher sie denn das Recht hätten auch geliebt werden zu wollen und dergleichen. Diese „Beleidiger“ sind in diesem Moment entweder stark betrunken und oder sie zeigen auch, auf welcher Höhe Ihr Bildungsniveau zu der gegebenen Zeit ist. Allein schon die Tatsache, dass Sie dafür nicht ihre echten Namen verwenden, bzw. sich hinter falschen Namen „verstecken“ müssen, ist es sehr traurig genug. Dabei denken Sie gar nicht darüber nach, woher sie selbst eigentlich das Recht nehmen, Ihr Gegenüber derart zu beleidigen oder auch darüber, was für „Schäden“ sie dadurch anrichten können.
“Einem Mann möchte ich auf gleicher Augenhöhe begegnen. Wenn er in dem Alter noch nichts auf die Beine gestellt hat, ist er ein Loser. Damit kommt er für mich nicht infrage.” das war deutlich, aber ehrlich. Das sind nur einige Beispiele. Was bleibt, ist der fade Nachgeschmack.

“Ein armer Mann ist für mich genau so viel Wert, wie ein reicher.” “Geld macht nicht glücklich.” “eine behinderte Frau hat das gleiche Recht auf Glück, wie eine gesunde Frau.” und und und ... das klingt ja alles wunderschön.

Dann eines Tages saß ich wieder mal vor dem PC und blätterte durch die Profile der übrig gebliebenen oder wieder verfügbaren Damen. Eine im Profilfoto sitzende Dame zog meine Aufmerksamkeit auf sich. Ich klickte das Foto an. Und nun sah ich sie in Großaufnahme in ihrem Rollstuhl sitzen. “Wenn Du damit nicht umgehen kannst, klick lieber sofort weiter!” O. K., wenn sie es so will. Aber ich ging noch einmal zurück. Was sie schrieb, war sehr ansprechend und klug. Bis auf den ersten Satz. Wenn der nicht gewesen wäre ... Ich bin mir nicht sicher, ob ich sie angeschrieben hätte. Eine andere Rollifahrerin war offensichtlich auf der Überholspur des Lebens unterwegs. Sie zeigte sich beim Extremsport, mit dem Wohnmobil, mit einem Trike Bike. Nichts für mich. Ihr Text war aber auch sehr ansprechend. Hätte ich sie angeschrieben, wenn sie etwas “normaler” gelebt hätte? Ich glaube nicht. Denn zuletzt sah ich ein Foto von einer Dame, die offensichtlich Opfer dieser schrecklichen Medikamente geworden war, die man damals in Unwissenheit Schwangeren verabreicht hatte. Eine Frau ohne Arme. Ich habe mich nicht getraut, Ihr Profil aufzurufen und ihren Text zu lesen. Zu groß war die Angst, sie könnte mir sympathisch sein. Ich bin nicht religiös und ich möchte hier niemandem das Heil verkünden. Ich schreibe das auch nicht als Entschuldigung. Ich möchte hiermit nur anregen, dass über dieses Thema wieder öfter und offener gesprochen wird. Vielleicht sitzen dann, ein bis drei Generationen später, einsame Männer vor dem PC und unterhalten sich über die Vorzüge einer sehr attraktiven Trägerin einer Beinprothese. Oder zwei Freundinnen schauen sich wohlwollend und sehr interessiert Bilder von Männern an, die seit Jahren arbeitslos und sehr einsam sind. Ich selbst komme von dem Wunsch, eine auf den ersten Blick als attraktiv erkennbare Frau an meiner Seite zu haben, nicht los. Noch nicht.

Vielleicht werde ich ja eines Tages eines Besseren belehrt. Aber auch ich denke mir immer, die anderen sollten doch anders denken. Aber ich bin doch einer der anderen ...

Manch böses Erlebnis wäre mir vielleicht erspart geblieben, wenn ich nicht die Schale bewertet, sondern zunächst einmal den Kern etwas genauer erforscht hätte.

Danksagung

Hiermit möchte ich mich sehr herzlich bei jenen Menschen bedanken, die mich bisher immer unterstützt haben – seelisch wie auch physisch. Die mich akzeptiert und respektiert haben, mitsamt meinen Fehlern. Menschen, die mir stets das Gefühl gegeben haben, dass ich nicht anders bin, dass ich liebens- und auch lebenswert bin. Die mir immer mit Rat und Tat zur Seite gestanden haben und es noch immer tun. Menschen, die immer wissen was wahre Freundschaft bedeutet und was im Leben wichtig ist.

Besonderer Dank geht auch an Peter und Martin. Die geduldigsten Menschen, die ich kenne! Vielen Dank, dass ihr immer an meine Fähigkeiten geglaubt habt und mir nie das Gefühl von Einsamkeit gegeben habt. Ihr seid die größten und wertvollsten Schätze, die ich in meinem Leben besitze.

Natürlich möchte ich mich auch bei Maria bedanken. Ohne dich wäre ich nicht jene Person, die ich heute bin. Du bist für immer tief in meinen Herzen verankert. Ich bin mir sicher, dass es irgendwann ein Wiedersehen für unsere beiden Seelen geben wird.